O nascimento de Celestine

Gabrielle Vincent

O nascimento de Celestine

editora ■34

Como Celestine e eu nos conhecemos?
Vou contar essa história para vocês...

Eu era varredor de rua.

Chovia naquele dia.

Perto das latas de lixo...

... escutei um barulhinho.

Alguma coisa se mexia.

No início, eu não vi nada...

Era ela!

27

Clementine? Ernestine? Celestine?

Celestine?

Sim, vou te chamar de Celestine!

Você é a minha Celestine!

Celestine, abra os olhos!

Ela abriu um olho!

"3 de março. Celestine abriu um olho."

E à noite ela abriu o outro olho.

Ela me viu!

"Ela abriu os dois olhos e me viu pela primeira vez."

— Agora, me dê um sorriso, Celestine!

— Olha lá, é ele mesmo, com aquela criança.

— *Ah, aí está você! O que está carregando?*

— *De onde você o tirou?*

— Vão me deixar passar ou não?

— "De onde você o tirou?"... Estão pensando que eu sou o quê?

— Essa criança é minha!

— *Parem os dois, o bebê está chorando!*

— *Já para a delegacia!*

— *Tudo bem, você não o roubou, mas...*

... onde o encontrou?

— *Vamos, diga logo, Ernest!*

— *Numa lata de lixo!?*
— Isso mesmo, numa lata de lixo!

— Você pode até escrever isso. Vamos, escreva!

— Vocês acham graça, não é?

— *Chega, Ernest...*

— *Venha!*

— *Eles te deram um trabalhão, hein, Ernest! Nos vemos hoje à noite?*
— Não... não, um outro dia...

Ninguém vai tirá-la de mim!

— Você não sabia que Ernest tem um filho?
— E se fôssemos ver como ele está se saindo?

— *Em geral, ele atende!*
— *Vamos tentar pelo jardim.*

— *Ele está ali. Olhem.*

— *Não bata. Não devemos perturbá-lo.*

— *Ele alimentou o bebê.*
— *Agora vai colocá-lo para dormir. Vamos embora.*

Quem está aí?

São os meus amigos...

Me deixem em paz!

Eles estão indo embora...

Eles já foram!

— *Ernest não deve ter roupa suficiente para aquela criança.*
— *Vamos...*

— *Você viu? Que bebê pequenininho!*

— *Mesmo isso aqui é grande demais para aquele neném!*
— *Não precisa escolher, vamos levar tudo!*

Elas me deram tanta coisa!

— Vamos convidá-las, Celestine!

— *Recebemos o seu convite, Ernest. Aqui estamos.*

— Obrigado novamente!

— Olha só! É o ratinho Arnold!

— *E ela, Ernest, quem é?*
— É a Celestine.

— *Como ela é pequena!*

— Celestine, você não está dormindo?

— Você precisa dormir!

— Celestine! Celestine?

— O que ela tem?

— Celestine...

... mas o que você tem?

— Minha Celestine!

118

— Não, doutor, hoje de manhã ela não tinha nada.

— *Vamos cuidar dela, o senhor não precisa fazer drama!*

— Não estou com fome.

— Não estou com fome nenhuma.

Onze dias!

— *Tudo bem, Ernest?...*

— *Senhor! Ei, senhor, o bar está fechando!*

O que está acontecendo comigo?

Coragem, Ernest, arrume a bagunça!

Dezesseis dias!

142

"20 de abril. Celestine está no hospital há vinte e um dias."

Não aguento mais.

Eu vou lá?

Sim, eu vou.

Sim ou não?

Sim...

Vou buscá-la...

— Sim, sim, eu vou levá-la.

— Vou levá-la assim mesmo.

— *Quando poderemos te ver de novo, Ernest?...*

153

— Juntos outra vez, hein, Celestine!

Ela está se levantando!

Meu diário. Rápido!
"20 de maio. Celestine sorriu para mim."

— Pode dormir, Celestine, eu estou aqui.

Agora vocês sabem
como a nossa história começou
e por que ela não vai terminar nunca...

Alguns traços...

Estes são personagens já clássicos, mesmo só tendo surgido em 1981 (ano da publicação de *Ernest e Celestine perderam Simão*, o primeiro livro da série). Não são datados, uma vez que tratam do essencial: os sentimentos compartilhados. Eles contam a vida de cada dia com uma incrível simplicidade. A autora não gostava de entrevistas, não ligava para as modas, e o sucesso internacional de seus personagens a deixava quase indiferente, apesar da felicidade que sentia ao receber cartas vindas de todas as partes do mundo.

Ela me disse diversas vezes, ao recusar o convite de um prestigioso programa de TV ou a solicitação para encontrar-se com um jornalista de renome: "Tudo está em meus livros". Quando a conheci, ela trabalhava em *O nascimento de Celestine*. Era um livro fora dos padrões: cento e setenta e seis páginas, em vez das trinta e duas habituais, todas em dois tons de sépia, quando se sabe que só existem obras a quatro cores no mercado. Fui convencido por seus argumentos: ela precisava de muitas páginas para contar essa história-chave. Mas era um investimento grande, arriscado, e eu estava reticente. Enganei-me. O livro foi um enorme sucesso, a crítica internacional o recebeu como uma obra-prima, e os adultos choravam nas livrarias ao folheá-lo. Ela tinha tocado o coração das pessoas. Com esse livro, algo mudou: e não apenas para ela. O sucesso de *O nascimento*, reimpresso logo após seu lançamento, e várias vezes desde então, mostrou que um livro fora das convenções podia atrair um público amplo. A partir de então, muitas outras experiências puderam acontecer.

Mas havia algo mais importante: seu estilo, neste livro, se afastou da ilustração mais convencional, e se aproximou, pela liberdade e materialidade que o pincel confere, de sua obra pictórica. Eu a encorajei a continuar neste caminho em seus novos livros, e ela nunca mais quis outra coisa.

Todos os que a conheceram sabiam que ela se parecia com Celestine, ou melhor, que Celestine se parecia com ela. E não só fisicamente. Ela podia ser coquete, brincalhona, graciosa, irritadiça, exigente (sobretudo consigo mesma), caprichosa, sutil, entendendo tudo muito rápido, fazendo um monte de perguntas. E se você fosse seu cúmplice, ela logo o chamaria de "Ernest".

Muitas vezes, no meio da noite — ela trabalhava muito à noite, quando os outros dormiam —, novas ideias lhe ocorriam sobre "aqueles dois lá", como ela os chamava. Uma torrente sem fim, que se alimentava de sua própria exuberância. E assim foi, até o final. Nos últimos tempos, ela pintou como nunca. Conseguiu inclusive concluir, apesar de quase não ter mais forças, um último livro com "aqueles dois lá". Um livro em que o tema era, precisamente, de onde viemos. Era, ela o sabia, o ponto final de seu trabalho. E um retorno ao mistério do nascimento. Isso não aconteceu por acaso. Poucos dias antes de partir, ela veio me trazer o modelo e as ilustrações desse novo projeto. Ali ela colocou suas últimas energias — era tocante. *As perguntas de Celestine* falam do essencial, são questões que cada um de nós se coloca sobre seu próprio nascimento. Entre risos e lágrimas, o que vamos encontrar ali é a reconciliação de cada um consigo mesmo. Enquanto folheávamos as páginas, ela disse simplesmente: "O círculo está fechado".

As perguntas são a sequência de *O nascimento*, o livro-chave que conta "como tudo começou". Mas ela tinha em mente outros livros, que continuariam a história, que narrariam, com a simplicidade de sempre, a infância de Celestine. Os poucos esboços que ilustram este posfácio, feitos "de qualquer jeito" (nas suas próprias palavras), revelam seu estilo em estado bruto. Traços de um projeto em que veríamos Celestine aprender a andar de bicicleta... Traços de sonho.

Arnaud de la Croix

Arnaud de la Croix foi editor da Casterman, que publicou a série *Ernest et Célestine*, e é autor do livro *Gabrielle Vincent: conversation avec Arnaud de la Croix* (Bruxelas, Tandem, 2001).

Este livro foi composto em Lucida Sans
pela Bracher & Malta, com CTP
e impressão da Edições Loyola
em papel Couché Reflex Matte 150 g/m²
da Cia. Suzano de Papel e Celulose
para a Editora 34, em maio de 2022.